JARBINET

MÉMOIRE de CENDRES

HELENA

T1

Glénat

Pour Romain et Estelle
P.J.

« On ne cueille pas le fruit du bonheur sur un arbre d'injustice. »
Proverbe Persan

COLLECTION VECU

Réalisation Partenaires
Dépôt légal Juillet 1995

JUILLET MIL DEUX CENT NEUF, CHÂTEAU DU ROC DE L'AIGLE, AU COEUR DES CORBIÈRES.
NAÏA, MA DOUCE ...
LES NOUVELLES QUE J'AI REÇUES CETTE NUIT SONT ALARMANTES. CE N'EST PAS DE GAÎTÉ DE COEUR QUE JE VOUS ENVOIE, LA PETITE ET TOI, CHEZ MON FRÈRE, À SELBORNE! MAIS LUI SEUL PEUT ENCORE VOUS GARDER EN SÛRETÉ!
BYRON...
...JE T'EN SUPPLIE! VIENS AVEC NOUS! QUITTONS CE PAYS!... NOUS N'Y AVONS ENCONTRÉ QUE DES MALHEURS!... JE... GAGNONS MA BRETAGNE NATALE OU TES TERRES D'ANGLETERRE... TU NE TROUVERAS ICI QUE LA MORT!
NAÏA... JE NE PUIS ABANDONNER NOS GENS... DE PLUS, EN ANGLETERRE, MA VIE SERAIT EN DANGER AUSSI. FAIS COMME IL A ÉTÉ DIT.
QUANT À TOI, BERTRAND, TU SAIS CE QUE TU AS À FAIRE.
OUI, MESSIRE BYRON ...
NOUS DEVONS PRENDRE LE BATEAU À BORDEAUX, APRÈS ÊTRE PASSÉS PAR CARCASSONNE OÙ NOUS DEVONS RÉCUPÉRER LES RICHESSES QUE VOUS AVEZ CONFIÉES À UN JUIF DE VOS AMIS... JE DOIS AUSSI CONFIER CE TESTAMENT AU NOTAIRE JOHAN EMBRAGUES!
C'EST BIEN.
1

A DIEU, NAÏA. PUISSE-T-IL VEILLER SUR TOI ET AICELINE.
A DIEU, BYRON. REVIENS-NOUS VITE!
MESSIRE, IL FAUDRA PENSER A...
PLUS TARD, DENHOLM, ...
... PLUS TARD... JE N'AI PAS LE COEUR A PARLER...
QUAND SERONS-NOUS A CARCASSONNE, BERTRAND?
APRÈS-DEMAIN, SI DIEU LE VEUT, MA DAME.

QUELQUES SEMAINES PLUS TARD, DANS LES GORGES DE GALAMUS.

MONSEIGNEUR
MARSAL ?
PAR DIEU ! QU'A-T-IL DONC À COURIR DE LA SORTE ?... IL VA SE TUER !...
MARSAL, MON BON !... QUE T'ARRIVE-T-IL ?... JAMAIS NE T'AI VU EN TEL ÉTAT !... PAR CE SOLEIL, CETTE COURSE !! SERAIS-TU DEVENU FOL DEPUIS NOTRE DERNIÈRE RENCONTRE ?
MON... MONSEIGNEUR ! PFF... PFF...
CARCASSONNE EST TOMBÉE !
CARCASSONNE ?! VOILÀ UN BIEN GROS MORCEAU POUR UNE ARMÉE QU'ON DISAIT SI PETITE !
PETITE, MONSEIGNEUR ?
ELLE EST LONGUE DE QUATRE LIEUES, COMPOSÉE DE FILS DE SATAN, DE MAQUERELLES ET DE BANDITS !

TOUT CELA M'INQUIÈTE FORT ! CARCASSONNE PRISE, CES DAMNÉS FRANÇAIS AURONT UN PIED ENFONCÉ ROIDE DANS LE PAYS. L'AUTRE SERVIRA À NOUS ÉCRASER !...
C'EST BIEN MON AVIS ! MAIS TOI, MARSAL, POURQUOI ES-TU CÉANS ?
POUR VOUS AIDER, MESSEIGNEURS !
JE SUIS ENVOYÉ PAR BERNARD DE LORAC POUR VOUS CONDUIRE SUR SES TERRES, OÙ VOUS SEREZ À L'ABRI DES CROISÉS !
LE TEMPS DES ÉPREUVES EST ARRIVÉ ! IL VA FALLOIR DES ABRIS SÛRS POUR LES CROYANTS ET NOUS-MÊMES ... LORAC EN EST UN, ASSURÉMENT, ET MONTSÉGUR LE DEVIENDRA BIENTÔT ... C'EST BIEN.
POURQUOI MON FRÈRE BERNARD N'EST-IL PAS VENU EN PERSONNE, S'IL CRAINT TANT POUR NOTRE SÛRETÉ ? J'ESPÈRE QU'IL N'EST PAS MALADE ...
POUR ÊTRE FRANC, MESSEIGNEURS, NOUS LE CROYONS !
IL A REJOINT LES RANGS DES CATHOLIQUES ! IL EST À CARCASSONNE !
!?
5

AVANCEZ, TAS DE GUEUX !
IL SUFFIT !
CESSE DE MALMENER CES GENS !... ILS ONT DÉJÀ TOUT PERDU... QUE CRAINS-TU ? DE PERDRE TA PICORÉE ?
PLACE! FAITES PLACE!
EHHH!
MESSIRE BERNARD! PAR ICI !...VITE !
ETIENNE!? SI TOI AUSSI TU T'Y METS!..
IL Y A GRANDE MEURTRERIE DANS UNE AUBERGE, LÀ BAS !... UN DES NÔTRES DEVENU FOL !...

ET TOI, POURRITURE D'HÉRÉTIQUE !?...QUE CÈLES-TU DONC AUX SOLDATS DU CHRIST ? AH ! AH ! AH !
PITIÉ !.. JE... JE SUIS BON CHRÉTIEN !.. NE... NE ME FAITES POINT DE MAL ! JE VOUS EN SUPPLIE !
JE T'ENTENDS MAL, FACE DE BOUC !...
EGO TE ABSOLVO !
N... NON !
MAIS ?!...PAR TOUS LES SAINTS ! SON ÂME !..ELLE EST DANS MA MAIN !...
LAISSONS-LA S'ENVOLER, DOUCEMENT ...
IL N'Y A RIEN !... IL N'Y AVAIT RIEN DANS MA MAIN ! CES HÉRÉTIQUES N'ONT MÊME PAS D'ÂME !...
HOSANNA ! LE LÉGAT A RAISON !

PISSE DESSUS, TANT QUE TU Y ES ! AH ! AH ! AH !
BONNE IDÉE !
JE TE BAPTISE, PEUPLE DE MERDE, AU NOM DE LA TRÈS SAINTE ÉGLISE CATHOLIQUE !...
ET JE SUIS BON PRINCE ! JE VOUS BÉNIS, TAS DE FUMIERS !.. EMPLISSEZ-VOUS LA PANSE AVANT D'ÊTRE BOUFFÉS PAR LES VERS !
?!
PAR L'ENFER, CES RATS SE REPRODUISENT, DE SURCROÎT !...
REGARDEZ ÇA !... À PEINE PLUS GROS QU'UN LAPIN ET AUSSI FACILE À DÉPIAUTER ! JE PIQUE OÙ, MOI ?... DESSUS ? DESSOUS ?... DEDANS ?...
DEDANS !
DEDANS !
DED
VA POUR DED...
8

...!?
JE VAIS TE T... !?
ME TUER, MOI AUSSI? IL SE PEUT QUE TU Y PEINES! POINT NE SUIS ENFANTELET...
MY GOD!... NOUS N'ALLONS PAS NOUS ENTRE-TUER POUR CES CHAROGNES!... NOUS SOMMES DU MÊME CÔTÉ, NON?
TU TE TROMPES, MON GARÇON...
VOICI CE QUE J'EN FAIS, DE LA CROIX!... QUANT À TOI, TU MÉRITES UNE BONNE LEÇON!
TCHOK

AAAAHHH
!?
PAR TOUS LES SAINTS!... LA BELLE CHUTE! EST-IL MORT?
QUE NON!... MAIS IL ME SEMBLE TOUT EMBRENNÉ!
AH! AH! AH! AH!
POUR TON BONHEUR, J'IGNORAIS QUE LES LATRINES ÉTAIENT PLEINES!
VA AU DIABLE!
JE M'APPELLE BRANAGH DUN DORNAIGIL!
JE TE TUERAI! J'EN FAIS LE SERMENT!
PAUVRE JEUNE FOU!...
FOU? DANGEREUX OUI!... MESSIRE BERNARD, JE PENSE QU'IL SERAIT UTILE DE DÉPÊCHER INCONTINENT CET ESCOGRIFFE!

LE TUER?... QUAND JE TENTE DEPUIS TROIS JOURS D'ENDIGUER LA FOLIE MEURTRIÈRE DE CES FOUS?... LE BEL EXEMPLE!...
ET MOI, JE DIS QU'IL N'EST PAS BON DE LAISSER DANS SON DOS UNE TÊTE, DEUX BRAS ET UNE ARME DÉCIDÉS À VOUS TROUER À LA PREMIÈRE OCCASION!... IL FAUT PURGER CET ABCÈS...
MOI, JE NE VOIS PAS D'ABCÈS, SINON UN BEC-JAUNE ASSIS LE CUL DANS LA MERDE!...
JE DOIS M'OCCUPER DE CETTE ENFANT!
BON SANG! TU SENS LA SALE PISSE DE GREDIN!
ETIENNE, TU FERAS METTRE EN TERRE CES PAUVRES GENS ET TU CHERCHERAS UNE NOURRICE POUR LA PETITE!...
JE FERAI COMME VOUS AVEZ DIT, MESSIRE...
MAIS POUR LE GARÇON, VOUS AVEZ TORT...
QUI EST CE TRAÎTRE? QUI EST-IL POUR DÉCHIRER AINSI LA CROIX DE ROME?...
UN HÉRÉTIQUE, TU PEUX EN AVOIR CERTITUDE!
CET HÉRÉTIQUE, COMME VOUS L'APPELEZ, SE NOMME BERNARD DE LORAC... SI VOUS VOULEZ SURVIVRE DANS CE PAYS, JE VOUS CONSEILLE DE NE PLUS CROISER SON CHEMIN... ALLEZ QUÉRIR PELLES ET PIOCHES!...
TOI!
MY LORD DUN DORNAIGIL! JE...

OÙ EST MON FILS ?... IL DEVRAIT ÊTRE ICI ...
JE... MESSIRE BRANAGH VIENT D'ÊTRE FRAPPÉ PAR BERNARD DE LORAC... IL EST DE PRÉSENT DANS LA MARE, SOUS LES LATRINES ... NOUS... NOUS N'AVONS RIEN PU FAIRE !
QU'A DONC FAIT MON FILS POUR ÊTRE SI DUREMENT CORRIGÉ ?
IL ... IL A TUÉ DES GENS DANS L'AUBERGE ET...
ET...?!
IL... IL A PISSÉ SUR LES CADAVRES, MONSEIGNEUR... AVANT DE S'EN PRENDRE À UN BÉBÉ...
HO, TOI !... TU AS PU VOIR CETTE ENFANT ! EST-CE CELLE DONT NOUS PARLIONS CE MATIN ?... N'OUBLIE PAS QU'IL TE RESTE QUELQUES DENTS !...
JE VOUS L'AI DÉJÀ DIT : LA PETITE ET SA MÈRE SONT MORTES DE LA FIÈVRE PENDANT LE SIÈGE DE LA VILLE. ELLES SONT MORTES ! **MORTES !**
12

MESSIRE EDWARD !
IL FAUT CONTINUER LES RECHERCHES !... IL NOUS FAUT CETTE FEMME ET CETTE ENFANT !... VOUS LE SAVEZ !
LA PAIX, EDGAN !
JE SUIS SEUL À DÉCIDER CE QU'IL CONVIENT DE FAIRE ! NOUS NE LES RETROUVERONS PAS !... CE BYRON A BIEN MONTÉ SON COUP ...
PÈRE ...
!?
QUEL EXPLOIT, BRANAGH ! NOTRE NOM ET LA CROIX DE ROME DANS LA MERDE ! FAMELIX DOUBLÉ À LA MESURE DE TON INCOMPÉTENCE !... TU ES SI STUPIDE QU'IL VAUT MIEUX QUE TU CONTINUES D'IGNORER LE BUT DE NOTRE MISSION ! VA TE LAVER, TU PUES !
OH OH ! ME QUITTER ?... MAIS J'AI BESOIN DE TOI, MON GARÇON, TU LE SAIS BIEN... POURQUOI MAINTENANT ?... VILLE PRISE, TE VOILÀ DÉJÀ SUR LE CHEMIN DU RETOUR !... TES HOMMES DOIVENT POURTANT ATTENDRE LEUR PICORÉE AVEC IMPATIENCE...
ILS N'EN VEULENT PAS, MESSIRE RAYMOND !...

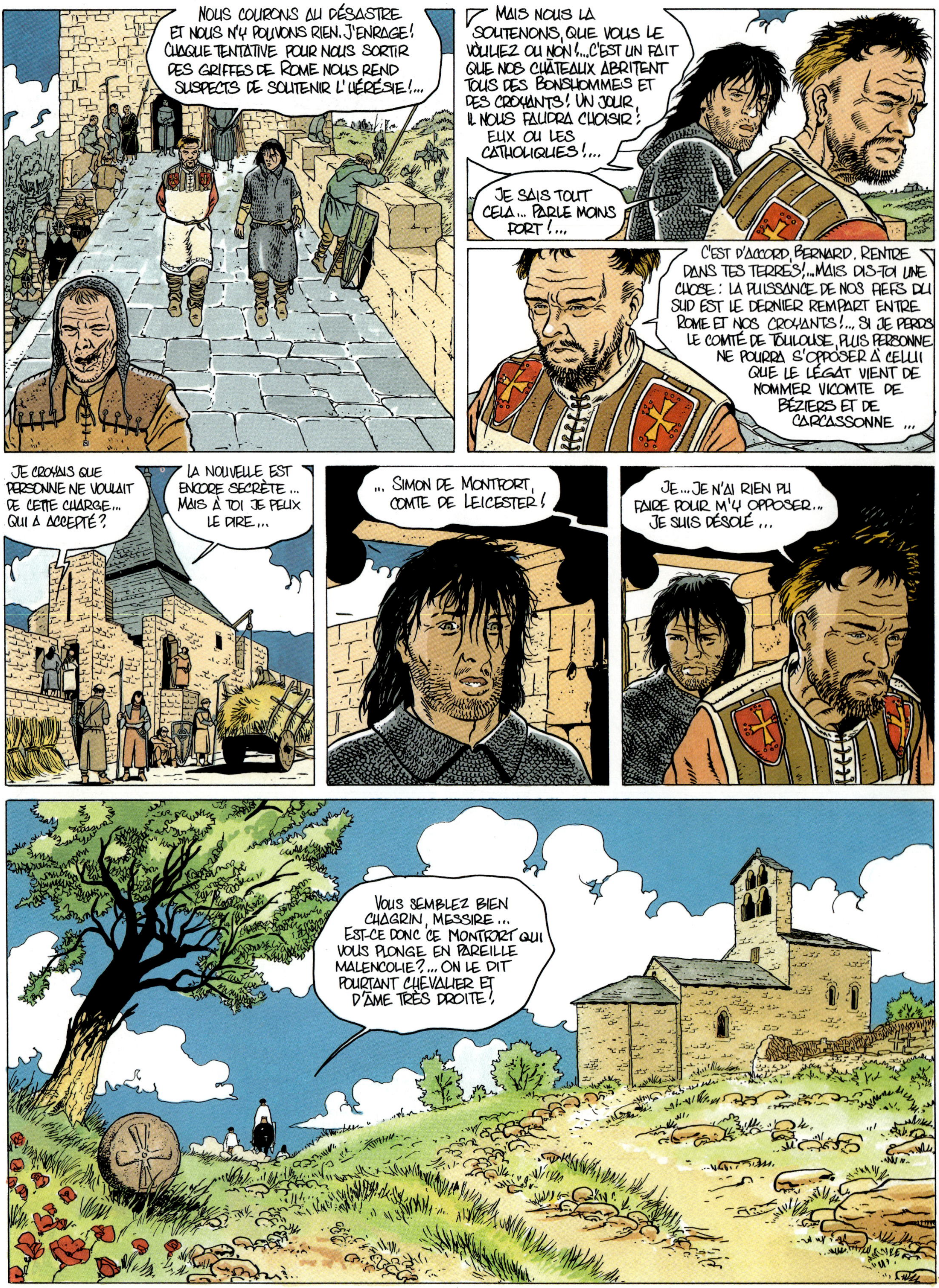
NOUS COURONS AU DÉSASTRE ET NOUS N'Y POUVONS RIEN. J'ENRAGE! CHAQUE TENTATIVE POUR NOUS SORTIR DES GRIFFES DE ROME NOUS REND SUSPECTS DE SOUTENIR L'HÉRÉSIE!...
MAIS NOUS LA SOUTENONS, QUE VOUS LE VOULIEZ OU NON!...C'EST UN FAIT QUE NOS CHÂTEAUX ABRITENT TOUS DES BONSHOMMES ET DES CROYANTS! UN JOUR, IL NOUS FAUDRA CHOISIR: EUX OU LES CATHOLIQUES!...
JE SAIS TOUT CELA... PARLE MOINS FORT!...
C'EST D'ACCORD, BERNARD. RENTRE DANS TES TERRES!...MAIS DIS-TOI UNE CHOSE: LA PUISSANCE DE NOS FIEFS DU SUD EST LE DERNIER REMPART ENTRE ROME ET NOS CROYANTS!... SI JE PERDS LE COMTÉ DE TOULOUSE, PLUS PERSONNE NE POURRA S'OPPOSER À CELUI QUE LE LÉGAT VIENT DE NOMMER VICOMTE DE BÉZIERS ET DE CARCASSONNE...
JE CROYAIS QUE PERSONNE NE VOULAIT DE CETTE CHARGE... QUI A ACCEPTÉ?
LA NOUVELLE EST ENCORE SECRÈTE... MAIS À TOI JE PEUX LE DIRE...
... SIMON DE MONTFORT, COMTE DE LEICESTER!
JE... JE N'AI RIEN PU FAIRE POUR M'Y OPPOSER... JE SUIS DÉSOLÉ...
VOUS SEMBLEZ BIEN CHAGRIN, MESSIRE... EST-CE DONC CE MONTFORT QUI VOUS PLONGE EN PAREILLE MALENCOLIE?... ON LE DIT POURTANT CHEVALIER ET D'ÂME TRÈS DROITE!

CHEZ LUI, LE CHRÉTIEN LE CÈDE AU CATHOLIQUE ET L'ÂME SE FAIT LAME... LES BÛCHERS VONT ILLUMINER LE PAYS AVANT LONGTEMPS, JE LE GAGE... DE PLUS, JE LE CROIS TROP PAUVRE POUR N'AVOIR PAS D'AMBITION DÉMESURÉE... EN FAISANT LE JEU DE ROME, IL FERA LE SIEN PROPRE, TU VERRAS...
DEMAIN EST UN AUTRE JOUR, MESSIRE... POUR L'HEURE, NOUS VOICI DE RETOUR CHEZ NOUS, AVEC NOS QUATRE MEMBRES ENTIERS ET NOTRE GUILLERI BIEN DRET POUR FAIRE LA FÊTE!... QUE DEMANDER DE PLUS?
POUVOIR LIRE L'AVENIR, ÉTIENNE!...
OÙ SONT LA FEMME ET LA FILLETTE, CROIX-JANÉT?
PRÈS DU RUISSEAU, MESSIRE...
HO! DAME NOURRICE! NE SERAIS-TU PAS UN PEU SORCIÈRE? CELA FAIT DEUX LONGS JOURS QU'ON N'ENTEND PLUS PLEURER L'ENFANT. COMMENT FAIS-TU?...
ELLE N'EN A PLUS LA FORCE, MONSEIGNEUR... JE N'AI PRESQUE PLUS DE LAIT... NOUS AVONS EU SI PEU À MANGER DEPUIS NOTRE DÉPART DE CARCASSONNE...
TIENS, PRENDS MON QUIGNON... JE VAIS DEMANDER À MES HOMMES DE TE DONNER UN PEU DE LEUR PAIN...
OH NON, MONSEIGNEUR!
ILS VONT ME FAIRE JALEUSETÉ... POUR GAGNER PEU, JE VAIS PERDRE BEAUCOUP!
MANGE, AU LIEU DE DIRE DES FADAISES! C'EST LA PETITE QUI Y GAGNERA! ET PUIS, MES HOMMES FONT CE QUE JE LEUR DIS DE FAIRE...

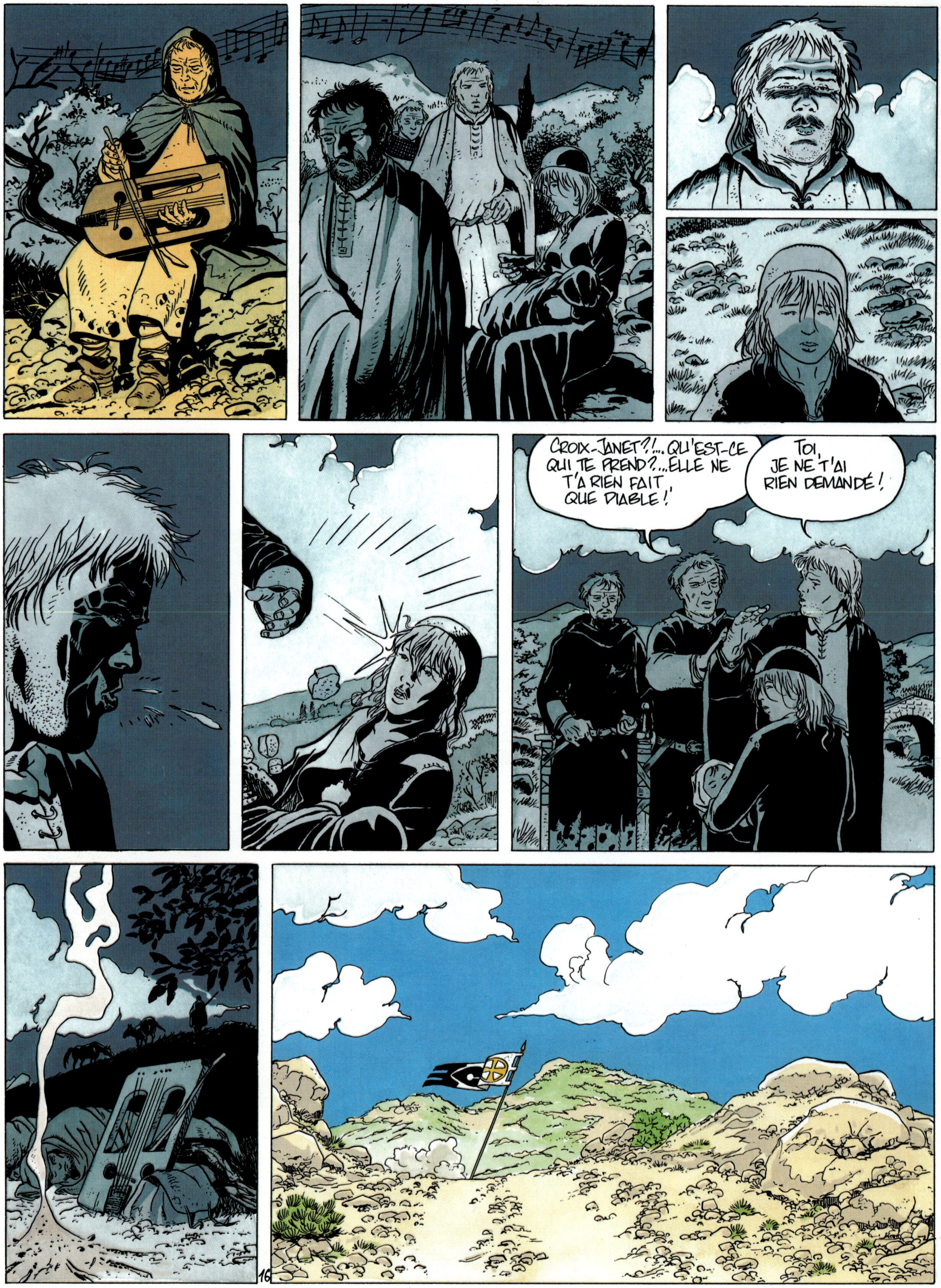
CROIX-JANET?!... QU'EST-CE QUI TE PREND?...ELLE NE T'A RIEN FAIT QUE DIABLE !
TOI, JE NE T'AI RIEN DEMANDÉ !
16

MESSIRE! LE CHÂTEAU! ENFIN!
AAAAH! IL N'EST DE FOIS OÙ CETTE VUE M'AIT LAISSÉ DE MARBRE!... NOTRE COEUR EST BIEN D'ICI, BERNARD!...
TU DIS BIEN LES CHOSES, ÉTIENNE. PLAISE À DIEU QUE NOUS PUISSIONS ENCORE Y VIVRE HEUREUX...
QU'ILS Y VIENNENT, CES SOI-DISANT CHRÉTIENS BOUFFIS DE HAINE ET DE MORGUE... LA BOUE DE LEURS PLAINES LEUR ALOURDIRA TANT LES CHAUSSES QU'ILS NE SONT PAS PRÈS DE GRIMPER JUSQU'À NOUS, QUI TOUCHONS LE CIEL!...

ELLE EST BELLE...
MAIS POURQUOI? NOUS AVONS DÉJÀ DEUX ENFANTS!
CETTE PETITE ÉGAYERA L'ATMOSPHÈRE TROP MASCULINE DE CE CHÂTEAU... ET PUIS, CETTE MAUDITE CROISADE M'IMPOSE UN DEVOIR ENVERS ELLE!...
COMMENT ALLONS-NOUS L'APPELER?
J'AI PENSÉ À HÉLÉNA... C'EST UN PRÉNOM LUMINEUX!...
MESSIRE... VOTRE FRÈRE PRADÈS VIENT D'ARRIVER EN COMPAGNIE DE SON SOCILIS, PONS D'URS... ILS VEULENT VOUS PARLER...
ENCORE CES HÉRÉTIQUES!... QUAND DONC, BERNARD, CESSEREZ-VOUS CE COMMERCE AVEC CES SUPPÔTS D'ENFER?
CLOTHILDE!... MALGRÉ LE RESPECT QUE J'AI POUR VOUS, JE NE VOUS PERMETS PAS DE JUGER MA FOI... J'AI VU CE QUE VOS FRÈRES CATHOLIQUES ONT FAIT À BÉZIERS: DES MORTS PAR MILLIERS! HOMMES, FEMMES ET ENFANTS, QU'ILS SOIENT CROYANTS, JUIFS OU MÊME CATHOLIQUES, TOUS UNIS DANS UN MÊME BAIN DE SANG, ASSASSINÉS EN L'ÉGLISE DE LA MADELEINE!...
18
JE DÉPLORE DE VOUS SAVOIR DE LA RELIGION DE ROME MAIS NE VOUS EN FAIS POINT GRIEF! AGISSEZ DE MÊME ENVERS MOI ET NOUS RESTERONS AMIS...
... PEUT-ÊTRE!

ONZE ANNÉES PASSENT...
LORAC - 1220.
POUVEZ-VOUS ME CITER LES MOIS ARABES, MESSIRE GUILLAUME ?
EUH... MOHARRAM, SAFAR, RABI I, RABI II, DJOUMADA I, DJOUMADA II, RADJAB, SA'ABAN, RAMADAN, EUH... SAWAL, DZOU'L KADA, DZOU'L HIDJA,.. VOILÀ ! DOUZE MOIS...
C'EST BIEN !
LA LEÇON EST TERMINÉE. VOUS ÊTES LIBRES... MAIS VOTRE FRÈRE RICHARD ÉTAIT ABSENT, COMME TOUJOURS. J'EN PARLERAI À VOTRE PÈRE ! ALLEZ JOUER, MAINTENANT...
19

ON VA MONTER VERS LA SOULANE DU TABOR ! JE VOUDRAIS TE MONTRER QUELQUE CHOSE !
HOW !
ALORS, LÈCHE-CUL, TOUJOURS DANS LES COTTES DE MAÎTRE OLHAGARRAY ? QUAND CESSERAS-TU DE TE LAISSER INONDER PAR SON BONIMENT ? TU PERDS TON TEMPS ! VIENS PLUTÔT APPRENDRE À TE BATTRE !... ÇA, C'EST UTILE POUR DEVENIR UN HOMME !...
TA FORCE CONTRE MON SAVOIR !... ON VERRA QUI VAINCRA !
OUCH !
C'EST TOUT VU, TÊTE-DE-CHOU !
RICHARD ?
GU !
VOUS AUTRES, NE BOUGEZ PAS ! C'EST UNE HISTOIRE ENTRE NOUS TROIS !... ET JE N'AI PAS PEUR DE TOI, FAUJANET !
HÉ, RICHARD ! ÇA FAIT MAL ?... NOUS VOILÀ QUITTES ! AH ! AH ! AH !

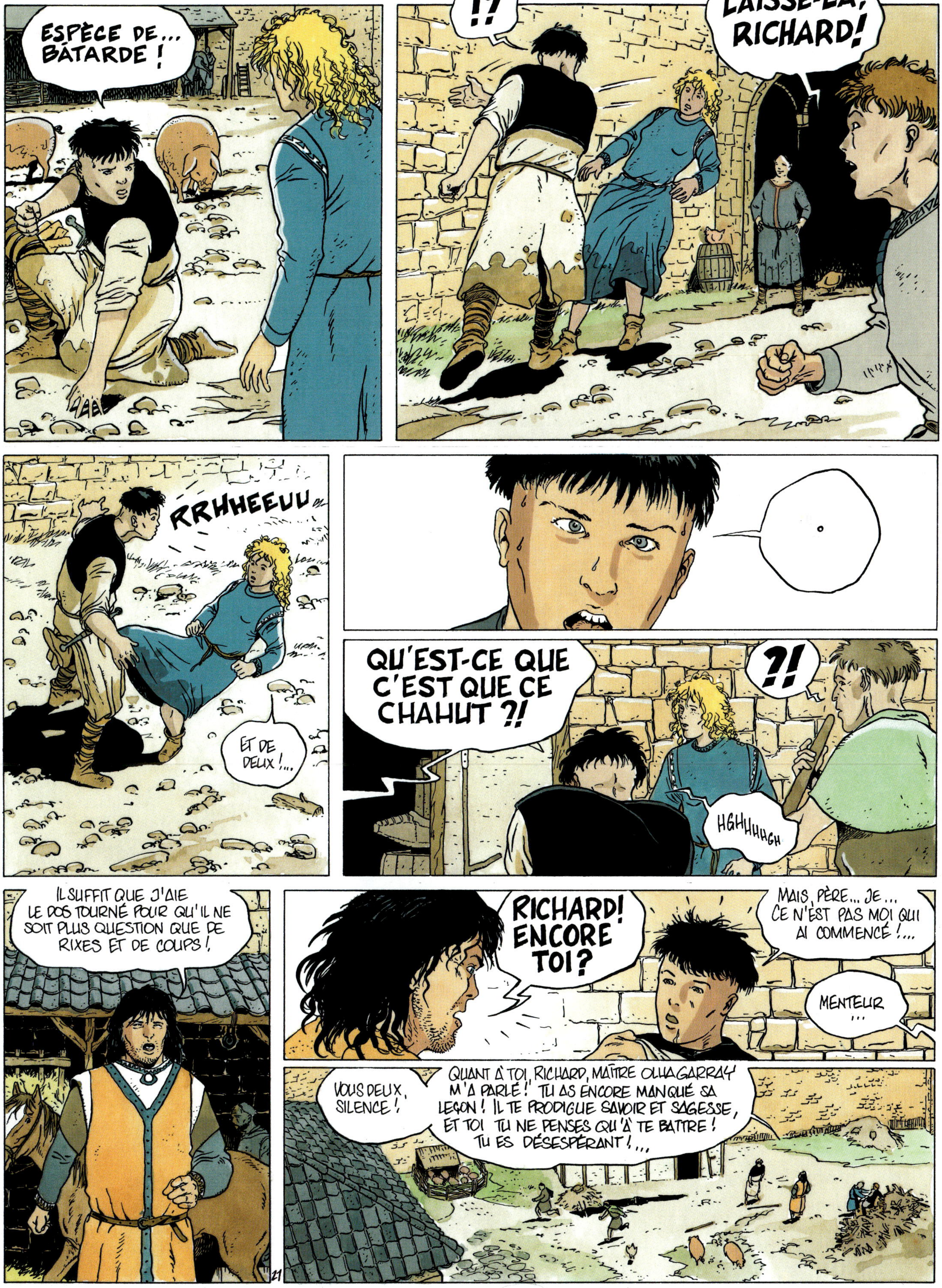
ESPÈCE DE... BÂTARDE !
!?
LAISSE-LA, RICHARD!
RRHHEEUU
ET DE DEUX !...
QU'EST-CE QUE C'EST QUE CE CHAHUT ?!
?!
HGHHHHGH
IL SUFFIT QUE J'AIE LE DOS TOURNÉ POUR QU'IL NE SOIT PLUS QUESTION QUE DE RIXES ET DE COUPS !
RICHARD! ENCORE TOI ?
MAIS, PÈRE... JE... CE N'EST PAS MOI QUI AI COMMENCÉ !...
MENTEUR ...
VOUS DEUX, SILENCE !
QUANT À TOI, RICHARD, MAÎTRE OLHAGARRAY M'A PARLÉ ! TU AS ENCORE MANQUÉ SA LEÇON ! IL TE PRODIGUE SAVOIR ET SAGESSE, ET TOI TU NE PENSES QU'À TE BATTRE ! TU ES DÉSESPÉRANT !...

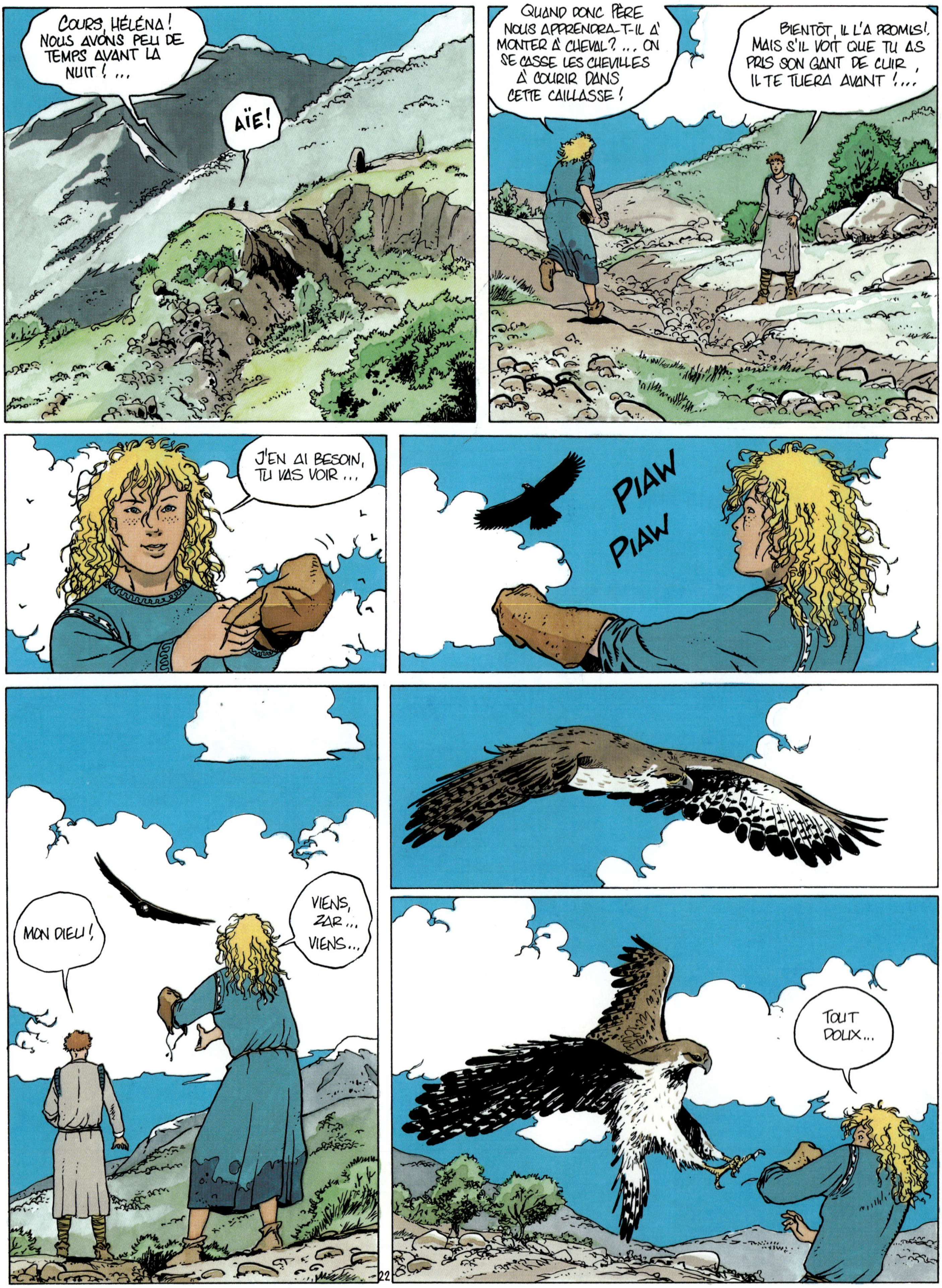
COURS, HÉLÉNA ! NOUS AVONS PEU DE TEMPS AVANT LA NUIT ! ...
AÏE !
QUAND DONC PÈRE NOUS APPRENDRA-T-IL À MONTER À CHEVAL ? ... ON SE CASSE LES CHEVILLES À COURIR DANS CETTE CAILLASSE !
BIENTÔT, IL L'A PROMIS ! MAIS S'IL VOIT QUE TU AS PRIS SON GANT DE CUIR, IL TE TUERA AVANT ! ...
J'EN AI BESOIN, TU VAS VOIR ...
PIAW
PIAW
MON DIEU !
VIENS, ZAR ... VIENS ...
TOUT DOUX ...
22

IL EST BEAU, NON? JE L'AI APPELÉ ZAR!
CO... COMMENT AS-TU FAIT POUR L'APPRIVOISER?
ON N'APPRIVOISE PAS UN ROI! ON LE SÉDUIT!... EN ÉCHANGE, IL VOUS FAIT DES...
... BAISERS ROYAUX!
IL POURRAIT TE BLESSER... CES POINTS QUE TU PORTES À L'ÉPAULE, C'EST LUI QUI TE LES A FAITS?!
ÇA?
JE LES AI DEPUIS TOUJOURS! J'IGNORE CE QUE C'EST. ZAR NE ME FERA JAMAIS DE MAL... D'AILLEURS...
... IL EST TEMPS POUR LUI D'ALLER EN CHASSE!
VIENS, ALORS! IL FAUT MONTER AU COL!

CES PIERRES DRESSÉES, GUILLAUME... OÙ SOMMES-NOUS ?
AU COL DE LA PEYRE. CE CROMLECH A ÉTÉ ÉRIGÉ IL Y A TRÈS LONGTEMPS!
POURQUOI T'INTÉRESSES-TU AUX PIERRES?...C'EST BÊTE, UNE PIERRE!
PLUS TARD, JE LES TAILLERAI... J'AI DÉJÀ MA MARQUE DE TÂCHERON... REGARDE!
QU'EN DIS-TU? UN G ET UN L ENLACÉS...COMME GUILLAUME DE LORAC!
JE BÂTIRAI DES CHÂTEAUX, DES ÉGLISES, DES CATHÉDRALES, PEUT-ÊTRE, COMME CELLE QUE J'AI VUE À TOULOUSE AVEC PÈRE, L'AN PASSÉ...
TOI, TU PEUX CHOISIR TON MÉTIER PARCE QUE TU ES UN GARÇON! AU CHÂTEAU, JE NE CONNAIS AUCUNE FEMME QUI CONSTRUISE DE CATHÉDRALES! PAS MÊME DE PETITES ÉGLISES... ELLES SONT JUSTE BONNES À PRENDRE DES COUPS DE LEUR MARI...
UN JOUR ON SE MARIERA! JE JURE QUE JE NE TE FRAPPERAI JAMAIS!...
NOUS MARIER? UN FRÈRE ET UNE SOEUR? FI...

TU SAIS BIEN QUE NOUS NE SOMMES PAS VRAIMENT FRÈRE ET SOEUR... PÈRE NOUS L'A EXPLIQUÉ LE JOUR DE NOS DOUZE ANS! SOUVIENS-TOI...
OH OUI, JE ME SOUVIENS ...
IL Y A UN CHÂTEAU, LÀ-BAS...
C'EST MONTSÉGUR, LE REFUGE DES CROYANTS! PÈRE S'Y REND SOUVENT ...
D'AILLEURS ...
... IL Y VA DE PRÉSENT.
RENTRONS... J'AI FROID!

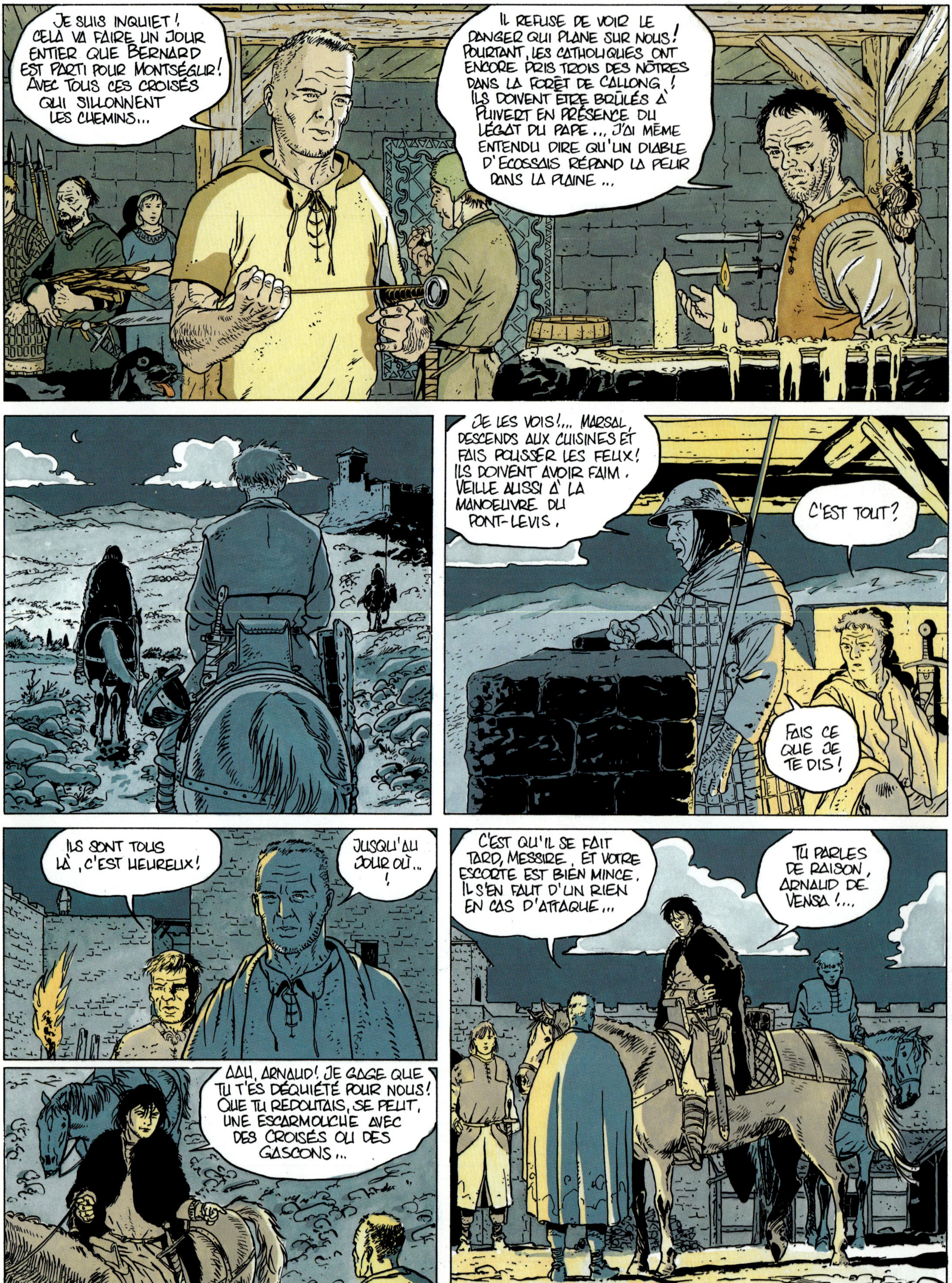
JE SUIS INQUIET ! CELA VA FAIRE UN JOUR ENTIER QUE BERNARD EST PARTI POUR MONTSÉGUR ! AVEC TOUS CES CROISÉS QUI SILLONNENT LES CHEMINS...
IL REFUSE DE VOIR LE DANGER QUI PLANE SUR NOUS ! POURTANT, LES CATHOLIQUES ONT ENCORE PRIS TROIS DES NÔTRES DANS LA FORÊT DE CALLONG ! ILS DOIVENT ÊTRE BRÛLÉS À PUIVERT EN PRÉSENCE DU LÉGAT DU PAPE... J'AI MÊME ENTENDU DIRE QU'UN DIABLE D'ÉCOSSAIS RÉPAND LA PEUR DANS LA PLAINE...
JE LES VOIS !... MARSAL, DESCENDS AUX CUISINES ET FAIS POUSSER LES FEUX ! ILS DOIVENT AVOIR FAIM. VEILLE AUSSI À LA MANOEUVRE DU PONT-LEVIS.
C'EST TOUT ?
FAIS CE QUE JE TE DIS !
ILS SONT TOUS LÀ, C'EST HEUREUX !
JUSQU'AU JOUR OÙ... !
AAH, ARNAUD ! JE GAGE QUE TU T'ES DÉQUIÉTÉ POUR NOUS ! QUE TU REDOUTAIS, SE PEUT, UNE ESCARMOUCHE AVEC DES CROISÉS OU DES GASCONS...
C'EST QU'IL SE FAIT TARD, MESSIRE, ET VOTRE ESCORTE EST BIEN MINCE. IL S'EN FAUT D'UN RIEN EN CAS D'ATTAQUE...
TU PARLES DE RAISON, ARNAUD DE VENSA !...

NOUS L'AVONS ÉCHAPPÉ BELLE !... VA LAVER ET GRAISSER MON ÉPÉE... ELLE EST TACHÉE DE MAUVAIS SANG !...
TU N'ES QU'UN INCONSCIENT, BERNARD ! TON GAMBISON EST TRANCHÉ SUR UN EMPAN ! POUR UN FIL, TU Y LAISSAIS LA VIE. LA LAME A EFFLEURÉ LES CÔTES... UN JOUR VIENDRA OÙ MES ONGUENTS NE POURRONT PLUS RIEN POUR TOI...
JE TE DEMANDE DES SOINS, ÉTIENNE, PAS UN SERMON... J'AI QUARANTE-SEPT ANS ET JE SAIS CE QUE JE FAIS ! DES FRANÇAIS, J'EN TUERAI TANT QU'IL EN TRAÎNERA DANS LE PAYS...
TON FRÈRE PRADÈS ET PONS D'LIRS SONT ARRIVÉS PENDANT TON ABSENCE. ILS VEULENT TE PARLER...
QU'ILS ME REJOIGNENT DANS LA SALLE CHAUDE. JE SUIS FATIGUÉ...
BERNARD ! ON NOUS A DIT QUE TU ES BLESSÉ...
UNE ÉRAFLURE, SANS PLUS, ET QUI ME DONNE MOINS SOMBRE MINE QUE LA VÔTRE, SI JE PUIS EN JUGER !
C'EST QU'IL NOUS EST ARRIVÉ UNE TRISTE MÉSAVENTURE !
27
PONS, MON AMI, QUE S'EST-IL PASSÉ ?...
C'ÉTAIT LA NUIT DE LA SAINT-JEAN. NOUS CÉLÉBRIONS LE SOLSTICE DANS UNE GROTTE, PRÈS DE FOIX...

IL Y AVAIT LÀ UN GRAND CONCOURS DE PEUPLE, DES FIDÈLES VENUS NOUS ÉCOUTER... PAR MALHEUR, UN VILLAGEOIS NOUS A TRAHIS!.. UN FORT PARTI DE CROISÉS NOUS TOMBA SUS AU BEAU MILIEU DE LA CÉRÉMONIE...
CE FUT UN VÉRITABLE MASSACRE!
NOUS REFUSONS LA VIOLENCE, VOUS LE SAVEZ... AUSSI, PRADÈS ET MOI, NOUS NOUS RÉSIGNÂMES DONC À MOURIR...
...MAIS LA VIE RÉSERVE PARFOIS D'ÉTRANGES SURPRISES...
UN HOMME AVAIT REÇU UN VILAIN COUP D'ÉPÉE. IL GISAIT SUR LE SOL, PERDANT SON SANG EN ABONDANCE. IL NOUS DEMANDA DE LUI ACCORDER LE CONSOLAMENTUM, CE QUE NOUS FÎMES APRÈS QU'IL EUT DIT LE PATER. IL PARLAIT D'OC AVEC UN ACCENT D'ITALIE.
CELA FAIT, IL NOUS SUPPLIA D'EMPORTER DANS NOTRE FUITE LE SAC QU'IL TENAIT SERRÉ CONTRE SON VENTRE!... IL Y ALLAIT, SELON SES DIRES, DE L'AVENIR MÊME DE NOTRE ÉGLISE!
PRADÈS ET MOI AVONS HÉSITÉ... FUIR N'EST PAS DANS NOS HABITUDES! MAIS L'HOMME SEMBLAIT SI IMPLORANT QU'À LA PARFIN C'EST CE QUE NOUS FÎMES.
UN FIDÈLE NOUS CONDUISIT, AINSI QUE D'AUTRES, VERS LA SORTIE, PAR UN DÉDALE DE GALERIES CONNUES DE LUI SEUL... NOUS PÛMES REJOINDRE LA SPULGA DE GALAMUS ET DÉCOUVRIR ENFIN LE CONTENU DE CE SAC POUR LEQUEL UN HOMME ÉTAIT MORT...
UN LIVRE?
NON.
UNE ARME!

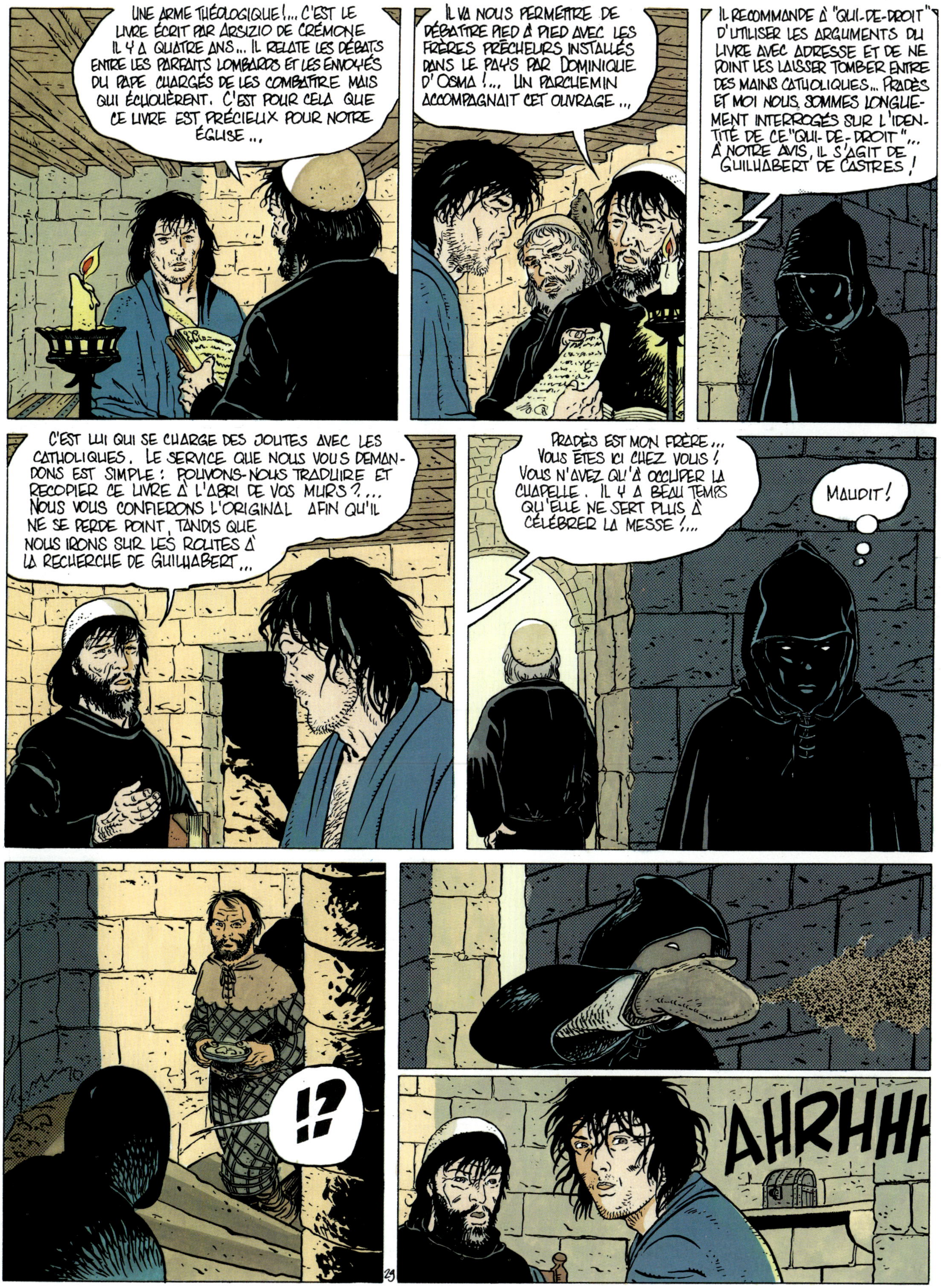
UNE ARME THÉOLOGIQUE !... C'EST LE LIVRE ÉCRIT PAR ARSIZIO DE CRÉMONE IL Y A QUATRE ANS... IL RELATE LES DÉBATS ENTRE LES PARFAITS LOMBARDS ET LES ENVOYÉS DU PAPE CHARGÉS DE LES COMBATTRE MAIS QUI ÉCHOUÈRENT. C'EST POUR CELA QUE CE LIVRE EST PRÉCIEUX POUR NOTRE ÉGLISE...
IL VA NOUS PERMETTRE DE DÉBATTRE PIED À PIED AVEC LES FRÈRES PRÊCHEURS INSTALLÉS DANS LE PAYS PAR DOMINIQUE D'OSMA !... UN PARCHEMIN ACCOMPAGNAIT CET OUVRAGE...
IL RECOMMANDE À "QUI-DE-DROIT" D'UTILISER LES ARGUMENTS DU LIVRE AVEC ADRESSE ET DE NE POINT LES LAISSER TOMBER ENTRE DES MAINS CATHOLIQUES... PRADÈS ET MOI NOUS SOMMES LONGUEMENT INTERROGÉS SUR L'IDENTITÉ DE CE "QUI-DE-DROIT"... À NOTRE AVIS, IL S'AGIT DE GUILHABERT DE CASTRES !
C'EST LUI QUI SE CHARGE DES JOUTES AVEC LES CATHOLIQUES. LE SERVICE QUE NOUS VOUS DEMANDONS EST SIMPLE : POUVONS-NOUS TRADUIRE ET RECOPIER CE LIVRE À L'ABRI DE VOS MURS ?... NOUS VOUS CONFIERONS L'ORIGINAL AFIN QU'IL NE SE PERDE POINT, TANDIS QUE NOUS IRONS SUR LES ROUTES À LA RECHERCHE DE GUILHABERT...
PRADÈS EST MON FRÈRE... VOUS ÊTES ICI CHEZ VOUS ! VOUS N'AVEZ QU'À OCCUPER LA CHAPELLE. IL Y A BEAU TEMPS QU'ELLE NE SERT PLUS À CÉLÉBRER LA MESSE !...
MAUDIT !
!?
AHRHHH
29

ESCOULOU! QUE SE PASSE-T-IL?
OHHH!
QUELQU'UN VOUS ÉCOUTAIT, MESSIRE!... JE MONTAIS PRENDRE MON TOUR DE GARDE ET IL M'A LANCÉ UNE POIGNÉE DE SABLE AU VISAGE!...
UN ESPION?... DÈS LORS, IL NE MANQUAIT PLUS QUE CELA! NOUS QUI VOULIONS RESTER DISCRETS...
JE GARANTIS VOTRE SÉCURITÉ ET CELLE DE VOTRE LIVRE... LE PAYS EST EN PROIE À LA FOLIE!... IL FAUT S'ATTENDRE À DES CHOSES DE CETTE FARINE...
JE VAIS FAIRE AMÉNAGER LA CHAPELLE EN SCRIPTORIUM... RASSUREZ-VOUS, L'ORNEMENTATION CATHOLIQUE EN A ÉTÉ RETIRÉE DEPUIS LONGTEMPS!
LE GREGAOU SE LÈVE... NOUS AURONS LA PLUIE SOUS PEU... J'AIME SON ODEUR SALÉE, CELLE DE LA MER!...
GLOUB
CROIX-JANET, TU ES LÀ?...
JE SUIS LÀ...
30

JE ME DEMANDE D'AILLEURS POURQUOI JE SUIS VENU...
POUR CECI ?
JE NE TE PLAIS PLUS ?
PAR TOUS LES SAINTS ! SUR QUELLES VOIES M'AVEZ-VOUS ENTRAÎNÉ ?
TES SCRUPULES SONT BIEN TARDIFS... JE NE LES AI GUÈRE ENTENDUS, CES DERNIERS TEMPS !...
C'EST QUE J'ENTREVOIS L'INFÂMIE VERS LAQUELLE VOTRE CONDUITE NOUS A MENÉS !... VOILÀ OÙ J'EN SUIS RENDU !
FAISONS L'AMOUR, AU LIEU DE NOUS QUERELLER !
CESSEZ CE JEU !... JE... IL FAUT ARRÊTER DE SE VOIR !... C'EST DEVENU TROP DANGEREUX !... S'IL SAVAIT, IL ME FERAIT PENDRE !... ET CE NE SERAIT QUE JUSTICE !...
LES GENS DU COMMUN SONT-ILS DONC TOUS AUSSI CRAINTIFS ?... N'Y EN A-T-IL PAS D'ASSEZ VAILLANTS POUR ENTREPRENDRE LES JOLIES FEMMES ?...
VOUS N'ÊTES POINT DU COMMUN, PAS PLUS QUE N'AVEZ LA RETENUE DES PERSONNES DU SEXE... ET PUIS, VOS MAINS SONT RUGUEUSES, CE SOIR...
CE N'EST RIEN... SEULEMENT QUELQUES GRAINS DE SABLE...

JE VOUDRAIS QUE NOUS CESSIONS CE COMMERCE... IL ME FUT AGRÉABLE AUTANT QU'À VOUS, MAIS IL DEVIENT TROP RISQUÉ...
ADONC, TU T'ARROGES LE DROIT DE DÉCIDER... PAR DIEU, LES VALETS ONT DES IDÉES BIEN ÉTRANGES...
TU FERAS CE QUE J'AI DÉCIDÉ !...
TU VAS PORTER CE PLI AU LÉGAT DU PAPE, À PUIVERT. JE SAIS QU'IL S'Y TROUVE !...
C'EST... C'EST UNE TRAHISON ENVERS MESSIRE BERNARD !
UNE DE PLUS...
REGARDE-TOI !... TOUT FAQUIN QUE TU ES, TU PARTAGES MA COUCHE DEPUIS UN AN ! À TOUT LE MOINS, TE VOICI BIEN PEU RECONNAISSANT !... DIS-TOI QUE CELA ME PÈSERA MOINS QU'À TOI SI ME VIENT LE SONGE D'EN TOUCHER MOT À MON ÉPOUX !... TA TÊTE NE TIENT QU'À MON SILENCE, NE L'OUBLIE PAS !...
VOUS... VOUS N'OSERIEZ PAS !...
TA CONSCIENCE TE PIQUE POUR BIEN PEU... IL Y A PIRE QUE CELA, CROIS-MOI !
TU ES BIEN MEMBRÉ, CROIX-JANET ! C'EST LÀ TA SEULE QUALITÉ !... POUR LE RESTE, TU N'ES QU'UN SOT, PERCLUS D'ILLUSIONS !
TU IGNORES CE QUE JE SUIS CAPABLE D'ENDURER !
TOUS LES JOURS QUE DIEU FAIT, JE SENS LA PUANTEUR DE CETTE RELIGION DE MERDE... JE DOIS ÉCOUTER CES HÉRÉSIARQUES PRÊCHER LEURS HORREURS SANS BRONCHER ET LES NOURRIR ALORS QUE JE VOUDRAIS QU'ILS CRÈVENT !... ET BERNARD !
CHAQUE SOIR SON VIT DANS MON VENTRE ET SON FIEL COULANT SUR MES CUISSES... ALORS, TES ÉTATS D'ÂME, CROIX-JANET... !

NOUS POUVONS COMMENCER ...
J'INVITE LE NÉOPHYTE BERTRAND MARTY, ACCOMPAGNÉ DE SON PARRAIN ET DU DOYEN, À VENIR FAIRE SON MELHORIER FACE À MOI. JE PROCÉDERAI ENSUITE À SON ORDINATION DEVANT LE SAINT LIVRE DES EVANGILES... QUE TOUS ICI PRÉSENTS SE PURIFIENT PAR L'EAU...
ABJUREZ ET VOUS SEREZ SAUVÉS !
BENEDICITE, PARCITE NOBIS, AMEN...

POUR L'AMOUR DU CHRIST ! RENONCEZ À SATAN !
FRÈRE... APRÈS DES MOIS DE RÉFLEXION, TU AS DÉCIDÉ DE NOUS REJOINDRE... C'EST UNE LOURDE TÂCHE QUE TU T'APPRÊTES À REMPLIR ... ES-TU SÛR DE TON CHOIX ?
JE LE SUIS.
FRÈRES, PRIONS.
NOSTRE PAYRE QUI ES ELS CIELO, SANCTIFICATZ SIA LO TEUS NOVIS. AVERGA LO TEUX REGNES ET SIA FAITA TU VOLONTAZ SICO EL CEL ET EN LA TERRA...
...E DONE A NOS LO NOSTRE PA QUI E SOBRE TOTA COSA, E PERDONA A NOS LE NOSTRES DEUTES, AI SICO NOS PERDONAN ALS NOSTRE DEUTORS, E NOS NO AMENES EN TENTATIO, MAIS DELIVRA NOS DE MAL. AMEN.
FAITES-LES TAIRE ! DANS LEUR BOUCHE, CETTE PRIÈRE EST UNE INSULTE !
AS-TU LA FERME INTENTION DE RECEVOIR LA SAINTE ORAISON ET DE LA RETENIR TOUT LE TEMPS DE TA VIE, AVEC CHASTETÉ, VÉRITÉ ET HUMILITÉ ?
OUI, J'EN AI LA VOLONTÉ ! PRIEZ LE PÈRE QU'IL ME DONNE DE SA FORCE !...
AU GRAND FEU, LES CAROGNES ! AU GRAND FEU !

QUE LE SEIGNEUR, VRAI DIEU, TE DONNE LA GRÂCE D'OBSERVER LA PRATIQUE DE L'ORAISON, À SON HONNEUR ET À SON SALUT.
... E... E NOS NO AMENES EN... TEN... TATIO, MA ... DE... LIVRA NOS... DE... MAL ...
LONGTEMPS, LE BÛCHER SE CONSUMA...
TU DIS QUE CE MESSAGE ÉMANE DE DAME CLOTHILDE DE LORAC ?... QUEL EST TON NOM ?...
CROIX-JANET, MONSEIGNEUR ...
TU AS BIEN AGI...
RETIRE-TOI, DE PRÉSENT... JE DOIS PARLER AVEC MES HOMMES...
DIEU VOUS BÉNISSE, MONSEIGNEUR.
PAR TOUS LES SAINTS!
IL NOUS FAUT CE LIVRE! ABSOLUMENT!... NOUS PERDONS DE PLUS EN PLUS DE DÉBATS AVEC CES MAUDITS HÉRÉTIQUES!... NOUS EN BRÛLONS DIX ET IL EN NAÎT CENT !... LE SAINT-PÈRE EST FURIEUX !...
SAUF VOTRE RESPECT, NOUS NE SOMMES PLUS QU'UNE VINGTAINE DE CHEVALIERS, AVEC NOS HOMMES, POUR TENIR LE PAYS... NOS GENS DU NORD RÉCHIGNENT À VENIR TRAÎNER LEURS CHAUSSES DANS CES MONTAGNES OÙ IL Y A PLUS DE MAUVAIS COUPS À PRENDRE QUE D'OR OU DE GLOIRE...
ET LA GLOIRE DE DIEU?... PAR LE CIEL, OÙ SONT LES PREUX D'IL Y A DIX ANS ?...
IL EN RESTE, MONSEIGNEUR ...

VOUS, MESSIRE DUN DORNAIGIL ?
J'AVAIS SEIZE ANS, MONSEIGNEUR ... JE ME SOUVIENS BIEN DE BERNARD DE LORAC ...
TELLEMENT BIEN ...
DONNEZ-MOI CETTE MISSION !...
JE VEUX DEUX CHOSES : QUE VOUS TROUVIEZ CE LIVRE ET QUE VOUS PRENIEZ LE CHÂTEAU DE LORAC. LA MORT DE CE BERNARD M'INDIFFÈRE ...
VOUS AUREZ CE QUE VOUS VOULEZ MONSEIGNEUR ! LE RESTE ME REGARDE !
YAOOUUUH !
DESCENDS TES MAINS, HÉLÉNA, ET TIENS TES RÊNES PLUS TENDUES !... TU VAS TE FAIRE EMBARQUER !...
PLUS SERRÉES, LES JAMBES ! DU NERF !
36

ILS SONT TROIS !...
DES GOSSES, LES DEUX AUTRES ! ALLONS-Y !
QUELLE COURSE !
JUSTEMENT ! NE LAISSE PAS TON CHEVAL SE REMPLIR LA PANSE !
PÈRE... JE SENS UNE PRÉSENCE AUTOUR DE NOUS...
HÉLÉNA, CE N'EST PAS PARCE QUE NOUS GALOPONS DANS LA MONTAGNE QUE LES BERGERS LA QUITTENT !...
LES BERGERS NE SONT PAS HOSTILES...
TON FAMEUX SIXIÈME SENS, HEIN ? EH BIEN, JE NE VOIS RIEN QUI NOUS MENACE... CESSE DE RÊVER, MA FILLE. UN JOUR, TU N'AMUSERAS PLUS NOS GENS DU CHÂTEAU !
MOI, ELLE M'AMUSE ! AH ! AH ! AH !
!?
QUI ES-TU ? TU AS UN DRÔLE D'ACCENT...
TU NE TE SOUVIENS PAS ? JADIS, TU M'AS ENVOYÉ DANS UN TAS DE MERDE, À CARCASSONNE... CE JOUR-LÀ, J'AI JURÉ DE TE TUER ! SOUVIENS-TOI...

DORNAIGIL... OUI, ÇA ME REVIENT !... TU AS FORCI !... ET TU AS LA MÉMOIRE LONGUE, SI JE PUIS EN JUGER !...
LONGUE COMME UNE LAME !... DESCENDS DONC DE CHEVAL !...
JE VEUX TA PAROLE QUE, SI JE MEURS, TU NE TOUCHERAS PAS AUX ENFANTS !...
TU L'AS !...
DZIIINNG
CLANG

!?
BLANG
ON CONTINUE ?
DORNAIGIL !
CESSONS CE COMBAT STUPIDE ! TU ES JEUNE, PLEIN DE VIE, ET JE NE VEUX PAS TE TUER !
SI TU NE ME TUES PAS MAINTENANT, C'EST MOI QUI TE TUERAI PLUS TARD !... JE N'AURAI AUCUNE PITIÉ ! FINISSONS-EN !...
JE TUERAI TA FEMME ! JE TUERAI TES FILS ! JE TUERAI TA FILLE ! NUL D'ENTRE LES TIENS NE ME SURVIVRA !...
TU NE ME LAISSES PAS LE CHOIX !...
39

HHHGH!!!
GREAT GREEDY DEVIL!
QUEL TIR, SEAN !
SANS TOI ...

À CHEVAL, TOUS! SI TOUT S'EST PASSÉ COMME PRÉVU, LORAC EST À NOUS!
MAIS, MESSIRE! LE CORPS...?
LES BUSARDS S'EN CHARGERONT!... IL FAUT QUE JE ME FASSE SOIGN...
!?
AAHH
HEY!
MON PÈRE! TU AS TUÉ MON PÈRE!
NOON!
SORCIÈRE! DÉMONE!
NE LA TUE PAS!... J'AI PROMIS!
NOUS N'AVONS ENCONTRÉ QUE PEU DE RÉSISTANCE, MESSIRE BRANAGH... COMME PRÉVU, LES PORTES NOUS ONT ÉTÉ OUVERTES PAR DAME CLOTHILDE. NOUS TENONS ENFIN CE MAUDIT CHÂTEAU!... GLOIRE À DIEU!...
ET LE LIVRE?

AUCUNE TRACE !... LE SEUL QUE NOUS AVONS TROUVÉ, C'EST CELUI QU'ÉCRIVAIENT CES DEUX HÉRÉSIARQUES ! VOICI CE QU'IL EN RESTE !... ILS L'ONT BRÛLÉ AVANT QU'ON S'EN EMPARE !
MESSIEURS, JE VOUS LAISSE LE CHOIX : CE LIVRE ... OU...
... LE BÛCHER !...
C'EST TOUT DÉCIDÉ ! LA MORT NOUS ACCOMPAGNE DEPUIS TROP LONGTEMPS POUR QUE NOUS LA CRAIGNIONS ! PAR ELLE, NOUS RENAÎTRONS.
JE N'EN ATTENDAIS PAS MOINS D'HOMMES DE VOTRE TREMPE !... POUR ÊTRE FRANC, CE LIVRE NE M'EST RIEN... JE LUI PRÉFÈRE LE POUVOIR ET L'OR ! SOYEZ ASSURÉS QUE LES FLAMMES QUI VOUS DÉVORERONT SE VERRONT JUSQU'À TOULOUSE !... J'AIME FAIRE LES CHOSES AVEC ÉCLAT !
JE VEUX UNE RÉUNION AVEC CETTE CLOTHILDE DANS LA GRANDE SALLE, CE SOIR ! QU'ON FASSE UNE BONNE JONCHÉE... J'AI SOMMEIL !
BIEN, MESSIRE.
MA DAME, VOUS AVEZ DÉSIRÉ QUE L'ÉGLISE VOUS AIDE À ÉLIMINER VOTRE MARI... DE PRÉSENT C'EST CHOSE FAITE !... MAIS IL Y A UN PRIX À PAYER...

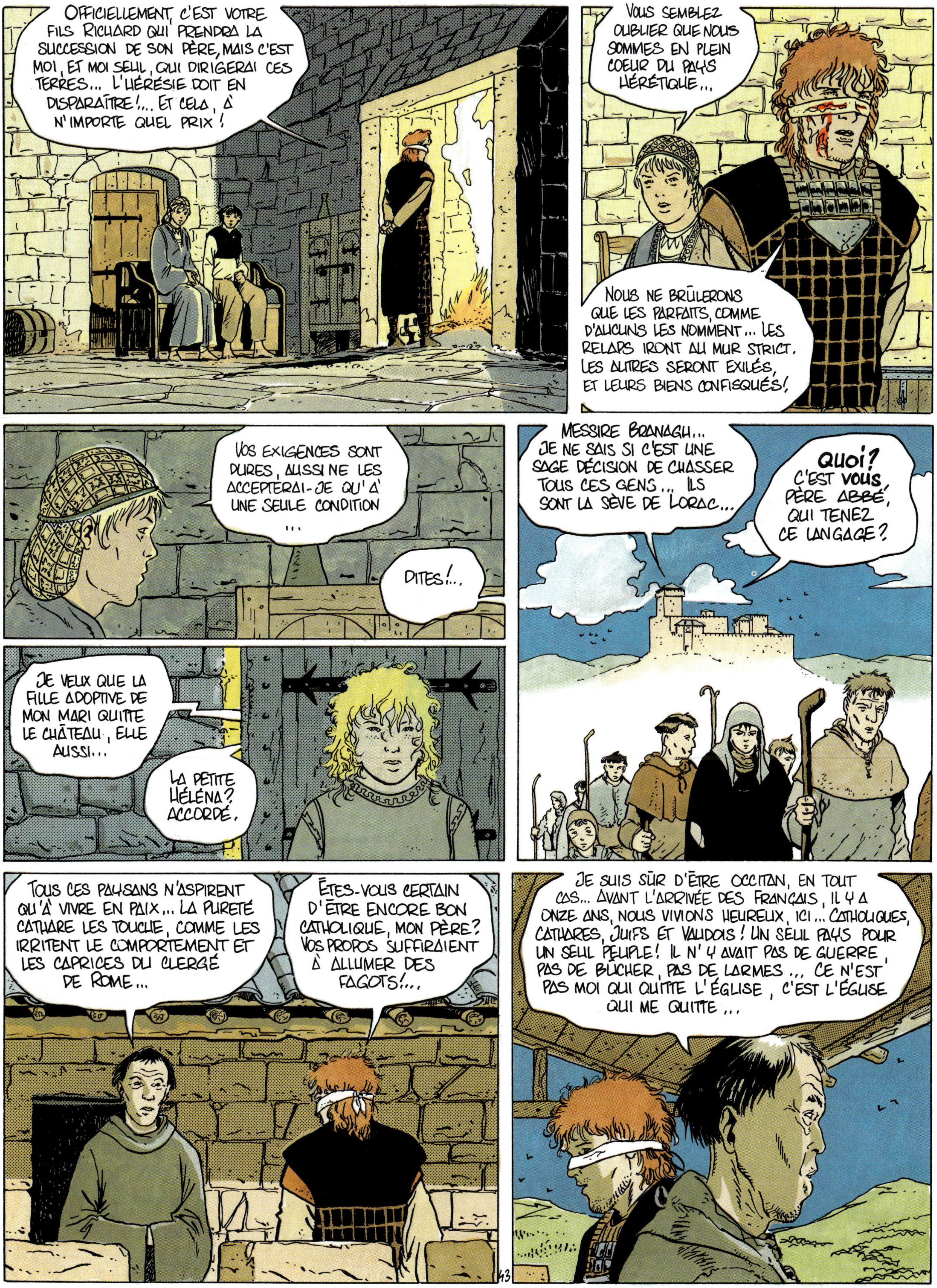
OFFICIELLEMENT, C'EST VOTRE FILS RICHARD QUI PRENDRA LA SUCCESSION DE SON PÈRE, MAIS C'EST MOI, ET MOI SEUL, QUI DIRIGERAI CES TERRES... L'HÉRÉSIE DOIT EN DISPARAÎTRE!... ET CELA, À N'IMPORTE QUEL PRIX!
VOUS SEMBLEZ OUBLIER QUE NOUS SOMMES EN PLEIN COEUR DU PAYS HÉRÉTIQUE...
NOUS NE BRÛLERONS QUE LES PARFAITS, COMME D'AUCUNS LES NOMMENT... LES RELAPS IRONT AU MUR STRICT. LES AUTRES SERONT EXILÉS, ET LEURS BIENS CONFISQUÉS!
VOS EXIGENCES SONT DURES, AUSSI NE LES ACCEPTERAI-JE QU'À UNE SEULE CONDITION ...
DITES!...
JE VEUX QUE LA FILLE ADOPTIVE DE MON MARI QUITTE LE CHÂTEAU, ELLE AUSSI...
LA PETITE HÉLÉNA? ACCORDÉ.
MESSIRE BRANAGH... JE NE SAIS SI C'EST UNE SAGE DÉCISION DE CHASSER TOUS CES GENS... ILS SONT LA SÈVE DE LORAC...
QUOI? C'EST VOUS, PÈRE ABBÉ, QUI TENEZ CE LANGAGE?
TOUS CES PAYSANS N'ASPIRENT QU'À VIVRE EN PAIX... LA PURETÉ CATHARE LES TOUCHE, COMME LES IRRITENT LE COMPORTEMENT ET LES CAPRICES DU CLERGÉ DE ROME...
ÊTES-VOUS CERTAIN D'ÊTRE ENCORE BON CATHOLIQUE, MON PÈRE? VOS PROPOS SUFFIRAIENT À ALLUMER DES FAGOTS!...
JE SUIS SÛR D'ÊTRE OCCITAN, EN TOUT CAS... AVANT L'ARRIVÉE DES FRANÇAIS, IL Y A ONZE ANS, NOUS VIVIONS HEUREUX, ICI... CATHOLIQUES, CATHARES, JUIFS ET VAUDOIS! UN SEUL PAYS POUR UN SEUL PEUPLE! IL N'Y AVAIT PAS DE GUERRE, PAS DE BÛCHER, PAS DE LARMES... CE N'EST PAS MOI QUI QUITTE L'ÉGLISE, C'EST L'ÉGLISE QUI ME QUITTE...
43

MERCI POUR VOTRE ACCUEIL, MESSIRE BARTHÉLEMY. VOUS NOUS SAUVEZ DE L'HIVER...
C'EST PEU DE CHOSE, EN REGARD DU BIEN QUE M'A ACCORDÉ VOTRE FAMILLE, HÉLÉNA...
ETIENNE, TOI QUI FUS L'AMI DE MON PÈRE, N'Y A-T-IL RIEN À FAIRE POUR CONTRER CE CHIEN DE DORNAIGIL?
LAS, JE NE SAIS QUE DIRE... JE NE SUIS POINT NOBLE ET NE POURRAIS LEVER, AU MIEUX, QU'UNE PETITE ARMÉE DE GUEUX... DE PLUS, JE ME FAIS VIEUX... QUANT À VOUS, C'EST PRÉCISÉMENT L'ÂGE QUI VOUS FAIT DÉFAUT...
MON ÂGE ME TRAHIT, C'EST VRAI, MAIS PAS MA VOLONTÉ! UN JOUR, DORNAIGIL PAYERA POUR SES CRIMES!...
NOUS, VICAIRES DÉLÉGUÉS DE L'ÉVÊQUE D'ALBI, USANT DE L'AUTORITÉ APOSTOLIQUE À NOUS CONFIÉE, PRONONÇONS PAR SENTENCE DÉFINITIVE LA MORT PAR LE FEU DES NOMMÉS PONS D'URS ET PRADÈS DE LORAC... LEURS MAISONS ET BIENS SERONT DÉTRUITS, AVEC INTERDICTION D'Y REBÂTIR À JAMAIS. CETTE PROSCRIPTION A ÉTÉ PORTÉE EN L'AN DU SEIGNEUR 1220, LE DIMANCHE APRÈS L'OCTAVE DU...
ASSEZ!

CES PAROLES M'ASSOMMENT! BOUTEZ LE FEU, QU'ON EN FINISSE!...
MIGUEL! VOIS AU LOIN, VERS LORAC!
PONS... PRADÈS... ILS LES BRÛLENT! ...
UN BÛCHER! EN PLEIN COEUR DU PAYS! JE PENSAIS N'EN VOIR JAMAIS...
C'EST NOTRE COEUR QUI ESPÈRE! NOS YEUX VOIENT, EUX!...
45
J'AI DOUZE ANS, ETIENNE. JE FAIS LE SERMENT QU'AVANT MON VINGTIÈME ANNIVERSAIRE, J'AURAI TUÉ PLUS DE FRANÇAIS QUE MON PÈRE!...